민초 어르신들의 노래

소통과 힐링의 시

민초民草
어르신들의 노래

이인환 엮음

소통과 힐링의 시

# 민초 어르신들의 노래

초판 인쇄 | 2018년 1월 3일
초판 발행 | 2018년 1월 5일

지은이 | 이인환

펴낸곳 | 출판이안

펴낸이 | 이인환
등    록 | 2010년 제2010-4호
편    집 | 이도경, 김민주
주    소 | 경기도 이천시 호법면 단천리 414-6
전    화 | 031)636-7464, 010-2538-8468
팩    스 | 070-8283-7467
인    쇄 | 세종피앤피
이메일 | y.akyeo@hanmail.net


ISBN : 979-11-85772-47-9 (03810)

값 10,000원

어르신들께


드러낸 사연만 해도
눈물 절절인데
가슴 맺힌 응어리
얼마나 첩첩산중일까요?
감사합니다
풀어주셔서
올올이 선명한
이정표 세워주셔서

어르신들께

## 서른다섯에 남편 잃고 / 이상목

## 가슴에 묻어 둔 이야기 / 조원동

## 오빠 징병 가던 날 / 이점종

## 배고픈 마음에 / 신춘자

## 나 하나 알맹이 된다면 / 김숙희

## 아직도 할 일이 많아 / 송희균

## 여든넷을 살아 보니 / 박용화

## 보낼 곳 없는 편지 / 사토 후끼코

글 몰라 고생하던 기억들

이제 걱정 없이

공부로 여생 보내네

이상목

서른다섯에 남편을 잃고

# 서른다섯에 남편 잃고

장사 치르고 나니
어린 이남삼녀
키울 길 없어

남은 돈 팔백 원
멸치 두 포
장사 밑천

시장통 따뜻한 이웃
힘을 얻어 서울
중부시장으로
오르락 내리락

온갖 건어물 사다 팔아
땅 사고 자식들 공부시켜
시집 장가 보내니

글 몰라 고생하던 기억들
이제 걱정 없이
공부로 여생 보내네

# 막내딸

서른다섯에
사 개월 태아
품고 있었네

남 주라고 할 때
열세 살 큰딸
울며불며

죽어도 같이 죽어요
남 줄 순 없어요

그랬던 뱃속 아이
어느덧 두 딸의
엄마 되었네

# 눈물로 쓰는 이야기

할아버지는 산에서 나무를 베어 지게를 만들어 파셨네.

산림간수가 "콩밥 드시고 싶으세요" 하길래 언니에게 "콩밥이 뭐야 물으니 "할아버지 잡아간다는 소리야"라고 하네.

그때 할아버지 "잡아 가, 애비 없는 새끼들을 키워준다면 내가 어딘들 못 가겠냐?"

그러자 산림간수는 오히려 지게 막대기를 깎아 주었네.

다음에 또 와서 "할아버지, 이제 그만 하세요" 하니 할아버지는 "저것들 클 때까지만" 하셨고,

우리는 부엌 뒤로 가서 말없이 울기만 하고….

그때 내 나이 열한 살이었네.

# 할아버지 향한 사랑

너 개울 안 가니
고기를 잡아 오라는
할아버지 말씀

바가지 들고
도랑 막아

미꾸라지 꾸구리
진개미 붕어
맨 손으로

할아버지 끓여 드리면
마냥 뿌듯했던
열두 살
내 안의 사랑

# 할아버지 사랑

아버지 일찍 잃은
우리를 키우셨네
지게 장사하랴
농사 지으랴 힘들어 보였네

할아버지 내가 하면 안 될까
열한 살 무렵
할아버지 좇아 다녔네

할아버지 쟁기 되고
나는 소가 되어

밭을 갈고
씨를 뿌려
농사를 지었네

# 서른 살 무렵

동네 사람들 나물 뜯으러 갔는데
담배 피우던 할머니
제대로 끄지 않아 불이 났네

그것도 모르고 나물 뜯는데
밑에서 밭 매던 사람들
불이야 불
소리쳤네

화들짝 솔가지 꺾고
옷 벗어서
불 다 끄고 나니

너도 나도 까매진 얼굴
서로 보고 하하 호호

큰불 아니어서 다행이라
가슴 쓸던
까마득한 기억

# 시계 없던 시절

동네 할머니들
아침에 나물 뜯으러
가자더니

모두들 한 숨 자고는
저녁을 새벽으로 알고

점점 어두워가는 산중에
일곱 할머니들
벌벌 떨며
기다리던 아침

그때 내 나이 아홉 살
다시는 안 따라간다
다짐했지만

나물 뜯으러 가자는 말이면
언제나 또 따라 나섰네

# 그곳이 얼마나 좋길래

그리던 고향 한 번 못 가보고
어찌 그 곳에 먼저 갔을까

평남 용광군 오심면 월매리
내 고향이야
되뇌면

가지도 못할 고향
왜 그리 찾아
구박도 많이 했는데

그렇게 그리던
고향 어쩌고
얼마나 좋길래
먼 곳에 먼저 갔을까

# 어머니의 세월

아픈 상처에 시간의 새살이 돋고
아들도 딸도 출가하니
나도 이제 할머니일세

서른 초반 아낙에서
팔순 바라보는 어른으로
건너 뛴 시간

내게는 여인의 삶이 멈추고
어머니의 이름만 남았다

이제 시대가
좋아져
시니어 대학에서
공부도 하고 친구도 많고
돈도 있다

먹고 사는 걱정 없으니
이곳이 천국이구나

조원동

가슴에 묻어 둔 이야기

# 가슴에 묻어 둔 이야기

네 살에 엄마가 돌아가신 것도 모르고 집안 아주머니네 놀러 갔더니 아주머니가 "너 엄마 어디 갔니?", "우리 엄마, 방에서 자요." 짚신 신고 껑충껑충 뛰며 놀았더니 아주머니들이 울면서 "불쌍해서 어떡하나" 하셨네.

할머니가 저녁이면 "저것들 시집을 보내고 죽어야 할 텐데 어쩌면 좋을까" 하시더니 서울서 당숙모님이 아버지 재혼하라고 여자를 데리고 왔었네.

"저게 무슨 엄마냐?" 가라고 울면서 밖으로 "우리 엄마 어디 갔어? 빨리 와!" 하고 울었다고 집안 아주머니들이 이야기를 해 주시네.

# 유년의 왜정시대

왜정시대 밥도
맘대로 못 먹고
도토리 겨우 먹는데

서울 육촌 언니 온 날
쌀밥 해주시던 할머니
일본 순사한테 들켜서

놋그릇 내놓으라
쌀 내놓으라

윽박에 못이겨
목화농사마저
빼앗겼네

# 전쟁통 모내기

1.
난리통 가뭄에
농사 짓느라

아버지 어머니
열네 살 나하고

웅덩이 물 퍼서
한 마지기 모내는데
일주일이 걸렸네


2.
언니는 집에서
밥 빨래
어린 동생 돌보고

할머니 밥광주리
머리에 이고
들로 일터로

하늘 위엔
제트기가
쌩쌩

# 전쟁통 결혼식

6.25난리에 인민군들이 와서 큰딸을 내놓으라고 하니 항아리에 숨었다가 나오니 물에 빠진 생쥐 같았네. 그런데 일주일도 안 돼 미군들이 와서 언니는 또 항아리에 들어가야 했네. 아버지가 시집이나 보내야겠다고 하니까 안 간다고 울던 언니도 그러면 미군에게 잡혀 갈 거야 하니 시집을 가는데 여기저기 부딪히는 미군이 무서워 수건을 쓰고 가마도 못 타고 걸어서 갔네.

# 살 만한 세상

   일흔을 앞 둔 친구들이 강원도로 나물을 가자고 해서
나물을 해가지고 내려오다가 10미터나 굴러 떨어졌는데
마침 지나가던 봉고차에서 젊은이들이 놀라 뛰어와서
일으켜 주었다네 다행히 나물 자루를 업고 굴러 떨어져
서 다치지는 않았다네
   세상은 살 만한 세상이라네

# 참외를 보면

아버지가 새벽에 이천읍으로 열무를 팔려 가실 때 참
외 하나 사주시는 재미로 따라 다니던 추억 집에 오면 식
구들이 참외 먹으려고 따라 간다며 놀렸지만 그래도 마
냥 좋았던 열 살 십 리 길 나들이
　요즘 흔한 참외를 보면 나도 모르게 떠오르는 아버지
얼굴

# 홍수단상

 사십 년 전 복하천 터져 온 동네 집이 떠내려 갔을 때
남편은 농지개량조합 직원이라 집에는 오지 못하고 동
네 사람만 위험하니 빨리 나가라고 구해 주었네 결혼한
지 십 년만에 낳은 세 살 아들 등에 업고 옆 동네 갔네
 친정 부모 외손주 걱정이 되어서 비를 맞고 찾아 오셨
는데 철 없는 아들은 할머니 왜 과자 안 사오셨냐고 칭얼
칭얼 몸둘 바를 몰라 쩔쩔 매던 그 추억

# 여든에 만난 새 세상

여든에 공부를
하는 데가 있다기에

반가워 반가워
찾아갔더니

어서 오라며
반기신 선생님

어느덧 이름도 쓰고
간판도 보고
집 주소도
쓸 수 있으니

새 세상 환하게 열렸네

이점종

오빠 징병 가던 날

# 일흔 여섯 외출

여섯 살 희미한 기억 속에
세상 떠난 아버지

배우지 못해 시집조차
접해 보지 못했는데

이 나이에
시인이라니

바윗돌 하나 어깨 위에
가슴은 쿵쿵덕

# 오빠 징병 가던 날

군방 색 군복
하얀천에 빨간 무늬
어깨띠 두르고

가지런히 친 각반
우리 오빠 멋있다고
철없이 매달리던
일곱 살

옆을 돌아보니
우리 홀엄마 온몸에
눈물 젖었네

어느덧 칠십 년 전
생각만 해도 눈물 나는
아픈 기억

# 홀로 선 소나무

보릿고개 홀어머니
죽을 만큼 힘들어도

투정 부리던
어린 시절
어느 새

나이 칠십 넘어
바라 보니
홀로 선 소나무

울퉁불퉁 새겨진 과거
내 마음을 달래네

# 추억 속의 우산

소나기 쏟아지네
굵은 실로 짠 부대 자루
귀퉁이를 밀어 넣어
삐죽한 우산 만들어

검정치마 걷어 올리고
보자기 책 허리에
검정 고무신
철벅철벅
달리던 논둑길

# 항아리 조각을 맞추며

첫살림부터 육십여 해
우리 식구의
먹거리 책임져준
네가 고마워

이제 의사가 되어 고쳐줄게
화선지 풀로 도배하고
남편 붓글씨 붙여 놓았더니

멋진 작품이라며
칭찬하는
남편의 황홀한 목소리
선사하네

# 황홀한 추억

봄향기에 이끌려
동산에 오르니
무리지어 피어 있는
토끼풀 싱그럽구나

온동산 하얀꽃 만발하여
꽃 꺾어 화관 만들고
연지곤지 찍고
목걸이 만들고
반지 만드네

내 마음 황홀하여
어미소 새끼소 우는 소리
옆을 보니 소들도 기뻐하는구나

# 시집 가는 날

봄산 곳곳 남아 있는 잔설
맑고 맑은 파란 물
아름다운 새색시 비치네

험준하고 울퉁불퉁한
돌산 너머 고갯길은
펼쳐진 인생길

해는 지고
저녁 연기 피어오를 때

낯선 시댁 마당
온 동리 사람들 다 모여
마중을 하네

# 언니를 보내면서

한 나무 두 개의 나뭇가지
어머니의 한 배를 빌어
세상에서 만났던
사랑하는 나의 언니

어린 시절
소꿉장난
아련한 추억

애절한 마음 여기 남기고
바람 따라 훨훨
날아가 버린 사람

다시 반갑게 만날 때까지
편안한 여행하고 계소서

# 고추나무 가족

오뉴월 가뭄에 잘도 견디어 내더니
칠월 단비 맞고 어느 새
대가족 이루었구나

엄마 고추 아빠 아기
진초록 옷에
하얀 꽃무늬 수놓았구나

아빠고추 바지는 빨간 바지
엄마고추 치마는 빨간 치마
아기고추 원피스는 초록 원피스

정말 보기 좋구나

# 신춘자

배고픈 마음에

# 까만 고무신

까만 고무신
한 켤레

어느 날 시장에서
아버지가 사오신

닳을새라 이슬에
젖을새라

이불 속에서도
품고 잤던
어린시절의 추억

# 내 동생 경자

구남매 중 둘째딸 내 동생 학교 보내려고 친정에서 시집에 데려 왔는데 언니 자식 돌보느라 학교도 졸업 못해 남 몰래 부뚜막에 앉아 집에 가고 싶어 울던 내 동생 언니 힘들까 봐 내색 안 하던 내 동생 그런 동생을 보는 내 마음은 너무너무 아팠지만 그럴 수밖에 없는 현실에 나도 눈물 흘렸네

# 십오일 만에 떠난 딸에게

가슴 속 울리고 간 너에게
오십 년 만에 처음으로
편지 보낸다

하얀 저고리 한번도 입지 못하고
떠난 너의 얼굴이
내 가슴에서 지워지지 않는구나

이름도 없이 떠난 딸
미안하다 미안해

# 배 고픈 마음에

산나물 뜯으러 깊은 산 속에 들어갔네 머루 덩굴 밑에
꿩이 앉아 있다 나를 보고 놀라 날아갔네 그 자리에 꿩알
이 놓여 있었네 치마폭에 주워 담아 왔네

"꿩알을 주우면 풍년이라 했지. 엄마, 올해는 배 불리
밥을 먹겠지."

# 오이서리

밤 중에 오이밭으로
서리하자고
동생 꼬셔서

기다리던 시간은
왜 그리 가지 않는지

어둠 속에서 오이
한 입 먹는데
갑자기 누구야

후다닥 도망치던
배고픈 시절

# 꼬꼬닭이 울면

꼬꼬닭아 울지 마라
날이 새며 아가 운다

우리 엄마 어디 갔어요

엄마는 쌀광 밑에
삶은 팥 싹이 나면 온단다

그게 언제인데요

뒷동산에 매화꽃이
피면 올려나

꼬꼬닭이 울면
날은 새는데

# 어머니 생각

몹시도 춥던 겨울
우리 구남매
굶기지 않으려고
칼바람 맞으며
생선 한 광주리
머리에 이고 싸립문
열고 나가시는
어머니 뒷모습
아련히
머리속을 스치네

# 첫아이 가졌을 때

나 친정으로 돌아가리라
이슬비 맞더라도
돌아가리라

저녁 노을 지는
방에서 잠이나
실컷 자 봤으면

그때는 왜 그렇게
졸려웠는지
친정만 생각났네

# 열다섯 무렵

큰 느티나무에 그네를 맷네
긴머리 따서 빨간 댕기 묶어
노란 저고리 치마
그네를 탔네

바람이 솔솔
속치마 살짝살짝

동네 총각들
눈 떼지 못하네

김숙희

나 하나 알맹이 된다면

# 나 하나 알맹이 된다면

봄에 심은 옥수수
알맹이 하나

빗물 먹고 쑥쑥
햇볕 받고 쑥쑥

하얀 수염에
수많은
알맹이 통통

# 김장

아기 배추
어른이 되어
집집마다
하나씩

소금물에 풍덩 절어
맛있는
온가족 양식 되었네

# 이웃을 생각하며

눈이 온다
시골 외길에

또 온다
쓸고 쓸어도

눈길 조심하라고
쓸고 또 쓴다

# 꽃을 키우는 내 마음

아침마다 화단에
예쁜 꽃들
방긋이

한낮이면 뜨겁다고
고개 숙이고

밤이면 춥다고
꽃잎 덮고
잠을 자네

# 한글을 배우고 나니

눈이 녹는다
소복이 쌓인 눈이 녹는다

눈이 녹으니 내 마음도
두꺼운 옷을 벗는다

하얀 눈 속에 숨었던
내 안의 삶이 보인다

들판에 파릇파릇
봄 세상이 얼굴을 내민다

# 배우고 나니 정말 좋다

삼 년 전에 아들이
알려 준 문해교실

텔레비전 자막도
시장통 간판도
핸드폰 문자도

어느덧 한 소절에서
시인도 꿈꾸니

송희균

아직도 할 일이 많아

# 막내아들

1.

내 나이 서른다섯
남편 교통 사고
날벼락

겨우 두 돌 막내 안고
영안실 남편
하늘이 무너졌네

육남매 저 새끼를
어찌하면 좋을런지

2.

내가 미쳤지
아빠 죽인 놈이라고
젖도 주지 않았으니

암만 생각해도
죄스러워

내 가슴에
한이 남네

3.

그렇게 자란 아들
이제는

엄마 집 사주고 다달이
용돈 주고
병원비 다 주니

세상에 아버지 소리도
못해본 아들아
고맙고 미안하다

# 외손주 장가 가는 날

딸아 네 아들이
장가를 간다

그곳이 어디기에
못 오느냐?

너의 아들딸 잘 커줘서
여한이 없구나

엄마의 착한 딸이더니
네 아들딸도
착하게 컸단다

하늘에서 잘 자라게
지켜줘서 고맙단다

# 실향민을 생각하며

기럭아 너는 하늘
높이 날으니
마음이 편하겠지

너를 보면 부럽구나
이북도 거침없이 가니

어느 누구를
너하고
비할쏘냐
세월

# 세월

갑자기 부는 바람
옷깃을 여미어
옆구리가 시리네

숭늉이 그리운 계절이네
할머니들이 모여드네

나뭇잎은
대롱대롱

눈 깜짝 하니
할머니가 되었네

# 화장실
- 오래 살다 보니

　화장실 가기가 싫었네 밤이면 불도 없어 캄캄한데 *회통 묻어 얼기설기 *낭구를 엮어 한번 볼 때마다 엉덩이 물이 튀니 볼일 보기가 끔찍했네 화장지는 언감생심 벼짚을 꺾어서 요리조리 밑을 씻네 따갑기도 하고 찜찜했다네
　나는 지금 화장실이 너무 좋아 개량 화장실 그것도 부족해 비데 놓고 사네 앉으면 엉덩이 따뜻하고 누르면 더운 물로 씻어 주고 부드러운 휴지가 기다리고 있으니 행복하네


*회통 : 세멘트로 만든 통
*낭구 : 나무의 이천 사투리

# 참새 떼 물든 시절

칠월이면 새 보는 게
제일 큰 일

자채쌀이라는 품종인데
벼이삭이 나오면
참새 떼가 먼저 달라붙네

아버지 샘막 지어 놓고 새를 보라셨는데
한번은 잠이 들어 새떼한테 홀랑 빼앗겨
호되게 혼 난 적도 있었네

거의 매일 메뚜기 한 자루씩 잡아다가
큰 가마솥에 숨 죽이고 은은하게 볶아
샘막에서 먹어가며
참새 떼와 같이 보냈던 그 시절

# 어릴 적 소꿉놀이

연자방아 옆에서 놀던 시절
오빠 언니들하고 진흙에서
다식 만들어 맛있게
얌얌

사기그릇 깨진 것 주워다가
밥그릇 국그릇 만들어서
모래알로 밥 짓고 밤 껍질로
수저 만들어 맛있게
얌얌

엄마 아빠 언니 오빠 하는데
제일 작은 나는 언제나 아기
사랑을 독차지 했네

# 생선 하나 지져도

- 오래 살다 보니

젊은 사람네야 자식들한테 효도 받으려면 나 자신이 먼저 부모한테 잘해야 하네요 효도는 실천으로 그 자손이 보고 따라 하네요 아무리 세상이 좋아져도 가정이 깨지면 소용 없지요 내가 경험한 바 남편이 없어도 "부모님이 우선이다", 생선 하나 지져도 "아버님이 먼저", 그것을 보고 자란 오형제 제 자식보다 엄마 먼저 챙기니 그것이 가정의 행복이네요

# 나도 소나무처럼

모진 비바람에
노란 은행잎
하나둘
바닥에 널려 있네

앙상한 가지만 남았네
단풍나무 옆에서
뽐내고 있네

그래도 나는 소나무가 최고
눈비 내려도 끄덕없는
소나무를 닮고 싶네

# 가을 풍경

세월은 쉬지 않고
마구 달리네

푸른 옷 입었던 앞산
어느 새 누가
지어주지도 않았는데
울긋불긋 옷을 갈아 입었네

향기에 취해
고기 잡는 저수지의
강태공들

아들집 담장에는
넝쿨콩
주렁주렁

들에는 곡식 걷어 들이는
땀방울
송글송글

# 멋진 노후를 위하여

네 시에 일어났네요
시내로 시
공부하러 가려고

내 나이 여든 둘
그래도 괜히 좋네요
어려서 소풍 가는 기분

노인네들아
집에만 계시지 말고
시 공부하러 갑시다

거기 가서 공부하면
치매도 안 걸리고
지혜도 생기지요

멋진 노후
별거 있나요

# 새벽운동

　당뇨가 있어 일주일 못 가도 세 번은 해야 한다네 자식들 떨어져 있어 내 인생 지켜야지 영하 5도 여든둘 몸뚱이 이끌어 새벽을 맞네　거리에는 사람들 별로 없네 옷 많이 입어 추운지 몰라도 학교 운동장 다섯 바퀴 돌고 체조하니 땀이 나네

　오늘은 당뇨약 타러 병원 간 날 혈압도 재고 당도 쟀다네 관리를 잘했다고 의사선생께 칭찬받았네

## 박용화

# 여든넷을 살아 보니

# 큰아들에게

사업하느라 힘들지
항상 보고 싶다

술은 안 먹을 수 없지만
먹어도 조금만 먹고

너도 이제 환갑 넘겼지
나이 생각해서
건강 챙겨라

차 조심하고
잘 다니거라

사랑한다
아들아!

# 동생 생각

마혼 둘에 잃어버린
내 동생

하나밖에
없었는데

경로당에서 만난
좋은 아우

빈 자리
채워 주네

# 여든넷을 살아보니

새벽에 운동 가니
낙엽이 떨어지네

추워서 옷깃 여미는
사람들 속에

운동을 하고 나면
몸과 마음 상쾌하네

하루도 안 빠지고
운동하니 좋네

# 어머니

생각하니 보고 싶네
언제나 밤은 길고

시집살이 괜찮더냐
힘들지는 않더냐

사남매 키우느라
제대로 모시지 못해서

이제는 밤이면
잠을 못 이뤄

떠나신 어머니
그리워 하네

# 우리 노인정

잘 왔구나 여기가
바로 내가
원하는 곳이다

일흔다섯부터 배우기 시작했다
지금은 글을 많이 깨치고
신문도 보고 책도 읽는다

배우니까 얼마나 재밌는지 모른다
내 나이 여든넷
지금도 끝까지 배울란다

즐겁고
행복하다

# 착한 사람

내 옆에 한 명 있다

먹을 것 하나 생겨도
혼자 안 먹고
항상 나눠주는

언제나 식구처럼
챙겨주는
착한 사람

# 아파트 살림살이

　삼익 아파트 사는 쉰아홉 살 딸이 우리 엄마 살아 계실 때 된장 잘 담는다고 콩 두 말을 사왔네 메주 쑤고 아파트라 맘대로 찧지도 못해 겨우겨우 자루에 밟아서 만들었는데 사흘만의 짚으로 엮었지만 매달을 데가 없어서 옷걸이에다 매달았네
　그런데 지금 메주가 잘 뜨고 있네 정월달에 담아서 맛있게 해야지

# 아름다운 새

두 쌍이 둥지를 틀어
알을 낳고

품고 품어
새끼를 보고

모이 물어다 키우니
우리랑 다를 게 없네

# 고향은 평택인데

이천 큰딸 옆으로
이사 와서
새로운 세상 만났네

타향살이 힘들다고
경로당 이끌어준
딸아이 덕분에

좋은 아우 만나고
공부하면서 글씨도
쓸 줄 알게 되니
정말 기쁘네

사토 후끼코

보낼 곳 없는 편지

# 말이 안 통했어

부웅 부웅 벌 한 마리
잘못 들어왔구나
창문이 어디냐고
부웅부웅

저기야 저기 했더니
요리조리 도망치네

그게 아니라니까 오해야 오해!
널 돕고 싶을 뿐이야
저기 창문이 안 보이니
이것 참 어쩌면 좋아

부웅 부웅
아 참 답답하네
너도 답답하지

널 보니까 나의 모습 같구나
시집 왔을 때의
나와 남편 같구나

# 문해교실에서

아침과 저녁은
밥과 된장국
도시락은
매실짱아지와
계란말이

또야
빵 먹고 싶어도
차마 말 못했는데

그나마 다행 친구와
바꿔 먹었던
오십 년 전 추억

문해교실 어르신들 시를 읽으니
아련히 겹쳐지는 아키타현
어린 시절의 단상

# 문해교실에서2

딸로 태어나 아내 되고
며느리 되었네
엄마 되어 남매 키우다 보니
장모님 할머니 소리 듣고 싶었네

이것이 전부인 줄 알았는데
어르신들 뵈고
또 다른 인생 있다는 걸 알았네

오로지 나를 찾는
배움의 길이 있다는 것을

# 보낼 곳 없는 편지

아버지 기운 많이 떨어지셨다
오지 않아도 되니
편지라도 보내다오

떨리는 손으로 부친 편지
사흘 후 새벽
전화벨 소리에
갑자기 탄 비행기

현관에 들어서자마자
바로 뒤 찾아 온
우편 배달부 아저씨 손에는
한국에서 보낸 편지가

…………

아버지 이제
이 편지를
어디로 보내야 하나요?

# 아버지의 가르침

농사꾼 아버지
꼭 일손이 필요할 때면
안 계신다고
늘 불만 털어놓던 어머니

나는 아무것도 몰랐다
술 드시고 늦게 돌아오시는
아버지밖에

그런데 아버지가 남기신
많은 상장과 감사패
문화훈장 안에

봉사와 희생 이웃에
대한 사랑이
살아 숨쉬고 있다는 것을

# 궁합

쓰다가 못 쓰게 되어도
또 다시 치약을 바르고
닦고 있네

개수대 화장실
구석구석을

죽어서도
짝지는
짝이로구나

# 모기야

알고 있어
너도 살아야 한다는 걸

괜찮아
먹고 싶은 만큼 먹고 가렴

참을 수 있어
함께 살아야 하기에

근데
가려운 건 못 참아
부탁인데
흔적을 남기지 말고
조용히 가면 안 될까?

# 질곡의 근현대 야사(野史)를 풀어놓은
# 이 땅의 진정한 어르신들의 노래

이인환(시인)

<발문>

질곡의 근현대 야사(野史)를 풀어놓은
이 땅의 진정한 어르신들의 노래


이인환(시인)


1. 아는 만큼 보이는 시의 세계


얼마나 강해야

예까지 올 수 있던가요


가난도 전쟁도

조실부모 줄줄이

자식들 떠넘긴 세상도

제일로 큰 고통은

읽지도 쓰지 못한

문맹의 세월

이것도 시가 될까

글자 틀렸으면 어쩌지

삐뚤빼뚤 풀어놓은

가슴 속 이야기


먹먹한 가슴

얼마나 강하기에

예까지 올 수 있었던가요


　문학작품을 감상하는 방법에는 첫째는 작품의 내용과 구성을
위주로 감상하는 구조론적 관점, 둘째는 작품의 내용과 작가의
인생을 결부시켜서 감상하는 표현론적 관점, 셋째는 작품을 통
해 독자가 사회인으로서 배워야 할 점에 중점을 두고 감상하는
효용론적 관점, 넷째는 작품에 담겨 있는 시대적 상황을 고려해
서 감상하는 반영론적 관점이 있다.

　여기에서는 작품의 내용과 구성을 위주로 감상하는 구조론적
관점보다 작가의 삶, 독자가 받아들이는 가치, 시대적 상황을 중
요한 요소로 살펴보고자 한다.


　첫째는 표현론적 관점이다. 이 시집의 주인공들은 60세 이상
에서 90세 미만으로 이뤄진 8명의 어르신들이다. 가난한 집안에

태어나 제때 배우지 못했고, 60에서 80에 이르기까지 한글조차 읽을 줄 모르고 살아오시다 뒤늦게 한글을 배우기 시작한 분들이다. 배움에 대한 열정이 강해서 하나라도 더 배우기 위해 아들뻘 되는 강사를 깍듯이 대하며 배움의 기쁨을 온몸으로 표현하시는 어르신들이다. '배우고 또한 익히면 즐겁지 아니한가?'라는 공자님의 말씀을 그대로 실천에 옮기시는 분들이다.

둘째는 효용론적 관점이다. 어르신들의 이야기는 우리에게 깊은 울림을 준다. 이 부분은 독자님들이 스스로 느껴보는 자리가 되었으면 한다.

셋째는 반영론적 관점이다. 어르신들이 살아오신 시대적 상황을 이해해야 한다. 평균 80에 가까운 어르신들의 어린 시절은 이제는 역사책에서나 접할 수 있는 일제 감정기다. 1945년 8.15해방, 1950년 6.25전쟁, 전쟁으로 폐허가 된 조국의 가난으로 점철된 보릿고개 시절, 새마을운동과 함께 시작된 1970년대 산업화 시대에 대한 이해가 있어야 한다.

세상의 모든 것은 아는 만큼 보인다. 문학작품도 마찬가지다. 앞에서 제시한 세 가지 관점을 제대로 이해한다면 감정이입도 한결 쉬워 질 것이고, 시를 향유하는 효과도 배가될 것이다. 〈소통과 힐링의 시창작교실)이 주는 효과를 온전히 향유할 수 있을 것이다. 이것은 온전히 독자의 몫이다.

그동안 어르신들과 함께 했던 〈소통과 힐링의 시창작교실〉은 정말 행복한 시간이었다. 이제 그 향유의 시간을 독자 여러분과 함께 하고자 조금이라도 보탬이 되었으면 하는 마음으로 사족을 달아본다.


## 2. 가슴으로 들려주는 이야기

### 1) 인생의 시련과 고통을 달래주는 시인 / 이상목

쾌락과 교훈은 문학작품이 갖는 주기능이다. 지나치게 쾌락적인 기능만 강조하는 것도 문제지만 지나치게 교훈만 강조하는 것도 좋은 방법이 아니다. 우리가 한 편의 시를 읽고 대리만족을 느끼거나 위안을 삼는 것은 쾌락적 기능의 한 부분이다. 하지만 '아, 나도 이렇게 살아야겠구나'라는 삶의 의욕을 심어주는 것은 교훈적 기능이라고 볼 수 있다.

어르신들의 모든 작품이 다 그렇지만, 그 중에서도 이상목 어르신의 시는 더욱 우리의 심금을 울린다. 한 여인이 겪을 수 있는 인생의 모든 비극이 담겨 있기 때문이다.

> 할아버지는 산에서 나무를 베어 지게를 만들어 파셨네. 산림
> 간수가 "콩밥 드시고 싶으세요 하길래, 내가 언니에게 "콩밥이
> 뭐야 물으니 "할아버지 잡아간다는 소리야'라고 했네. 그때 할
> 아버지는 "잡아 가, 애비없는 새끼들을 키워준다면 내가 어딘
> 들 못 가겠냐?'
>
> - 이상목의 '눈물로 쓰는 이야기' 중에서

어린 나이에 일찍 아버지를 여읜 것까지는 그럴 수 있다고 받
아 들일 수 있다. 그런데 서른다섯에 남편을 잃고, 사 개월짜리
유복녀를 포함해 5남매를 홀로 키우기 위해, 배우지 못해 글도
읽을 줄 모르면서 새벽에 서울 중부시장을 오르내리며 악착스레
장사를 하셨던 사연들을 어찌 눈물 없이 접할 수 있으랴.

"지난 밤에 이 글 쓰면서 얼마나 울었는지 몰라."

짧은 시 한 편을 완성시키기 위해 밤을 새우고, 과거의 기억을
떠올리며 한없이 눈물을 흘리셨다는 어르신의 말씀은 글쓰기에
서 내세우는 내면치유의 효과를 잘 보여주고 있다. 여든이 넘어
서 시작한 한글공부를 통해 새로운 인생의 행복을 찾았다는 사

연들은 현재 눈앞에 닥친 시련과 고통 때문에 힘들어 하는 이들에게 '나도 살 수 있다'는 위안과 격려를 심어주기에 충분하다. 한 편의 시를 통해 나도 모르게 몰입을 하며 눈물을 흘리게 만드는 것이 쾌락적 기능이라면, '나도 열심히 살아야겠다'는 의지를 다지게 만드는 힘은 교훈적 기능을 잘 갖춘 것이라 할 수 있다.

인생의 시련과 고통을 달래주는 시인 이상목 어르신의 작품을 접하면서 절로 눈시울을 붉히면서도 자신도 모르게 삶의 위안을 받을 수 있다면 그것은 정말 가치있는 일일 것이다.

## 2) 민족의 야사(野史)를 들려주는 시인 / 조원동

시는 형식에 따라 자유시, 정형시, 산문시로 분류한다. 자유시는 형식에 구애받지 않고 행과 연을 구분하며 짓는 시를 말하고, 정형시는 시조와 민요처럼 일정한 형식에 맞춰 짓는 시를 말한다. 산문시는 일반적인 시처럼 연이나 행의 구분을 두지 않고 수필을 쓰듯 써내려가는 시를 말한다. 일정한 글자수와 반복되는 글자를 배치함으로써 운율을 드러나게 하는 기법이 필요한 시다. 어떤 사실이나 가슴 속에 담긴 이야기를 들려주는 형식으로 적격이다.

이 시화집에 실린 많은 산문시가 다 그렇지만, 특히 조원동 어르신의 시에는 우리 민족의 야사(野史)가 그대로 담겨져 있다.

국가에서 정식으로 인정한 역사기록인 정사(正史)와 구분되는 야사는 민중들 사이에 전해져 오는 살아 있는 이야기를 보여준다.

6.25난리에 인민군들이 와서 큰딸을 내놓으라고 하니 항아리에 숨었다가 나오니 물에 빠진 생쥐 같았네. 그런데 일주일도 안 돼 미군들이 와서 언니는 또 항아리에 들어가야 했네. 아버지가 시집이나 보내야겠다고 하니까 안 간다고 울던 언니도 그러면 미군에게 잡혀 갈 거야 하니 시집을 가는데 여기저기 부딪히는 미군이 무서워 수건을 쓰고 가마도 못 타고 걸어서 갔네.

-조원동의 '전쟁통 결혼식' 전문

이 시뿐만이 아니다. 왜정시대 목화농사마저 빼앗긴 이야기를 담은 〈유년의 왜정시대〉, 총탄과 포탄 소리가 들리는 전쟁통에 들에서 모내기에 매달리던 〈전쟁통 모내기〉, 복하천의 역사를 증언하는 〈홍수단상〉 등은 우리가 야사에서나 접할 수 없는 생생한 우리 민족의 역사이다. 팔순 넘어서 시작한 한글공부에 재미를 붙이신 이야기도 물론 빼놓을 수 없는 우리 민족의 한이 담긴 야사에 한 부분이다.

조원동 어르신이 풀어 놓는 추억의 조각들은 그 자체만으로도 우리 민족의 야사로 기록되고도 남을 가치가 있다.


## 3) 한겨울을 끄덕없이 이겨내는 소나무 같은 시인 / 이점종

　소나무는 옛날 선비들이 지조의 상징물로 여기며 시의 주된 소재로 사용했다. 이점종 어르신은 책을 통해 이런 사실을 배운 적이 없다. 그런데 여섯 살에 아버지를 여의고 온갖 고난을 겪으며 살아왔고, 그 중에서도 한글을 몰라 겪었던 설움이 컸는데, 이제 글을 배우면서 자신의 모습을 선비처럼 소나무에 비유하는 정서를 유감없이 발휘하고 있다.


　　　　보릿고개 홀어머니

　　　　죽을 만큼 힘들어도


　　　　투정 부리던

　　　　어린 시절

　　　　어느새


　　　　나이 칠십 넘어

　　　　바라 보니

홀로 선 소나무


울퉁불퉁 새겨진 과거

내 마음을 달래네

- 이점종의 '홀로 선 소나무' 전문


〈오빠 징병 가던 날〉을 통해 보여준 일곱 살 어린 나이에 징병 가는 오빠가 멋있다고 매달리며, 아들을 사지로 내보내며 눈물 짓던 홀엄마의 마음을 더욱 아프게 했던 기억도, 이제는 소나무 줄기에 새겨진 과거의 한 부분으로 간직하려는 의연한 삶의 모습이 드러난다. 시집 올 때 가져온 항아리가 어느 새 60여 년의 세월을 이기지 못해 깨지자, 그동안 붙인 정 때문에 차마 버리지 못해 화선지와 남편의 붓글씨를 붙여 살려내는 〈항아리 조각을 맞추며〉에는 정 많은 우리 어머니들의 모습이 그대로 담겨 있다.


## 4) 가난 속에서도 순수한 영혼을 간직한 시인 / 신춘자


〈내 동생 경자〉는 가난한 집안의 구남매 중 맏딸로 태어난 여인이 있다. 동생을 학교에 보내주겠다는 일념으로 어린 여동생을 시집으로 데려왔지만, 현실은 여동생에게 고생만 시킨 아픔을 간직한 여인의 한을 담고 있다. 15일만에 딸을 잃은 딸을 가슴에 품고 평생을 살아온 여인, 아버지가 어쩌다 사주신 고무신이 닳을새라 품에 품고 자던 순수한 유년을 간직한 여인, 어느덧 예순여섯 해를 보내며 이제 막 한글을 배우며 담담히 그 시절을 노래하는 신춘자 어르신을 생각하면 소녀의 순수한 영혼을 간직한 시인의 모습이 떠오른다.

큰 느티나무에 그네를 맺네

긴머리 따서 빨간 댕기 묶어

노란 저고리 치마

그네를 탔네


바람이 솔솔

속치마 살짝살짝


동네 총각들

눈 떼지 못하네

- 신춘자의 '열다섯 무렵' 전문


"이것도 시가 될까?"

매번 간밤을 꼬박 새우며 완성한 듯 시를 수줍게 내밀던 어르신의 마음 속에는 무궁무진한 시의 샘물이 자리잡고 있는 것 같다. 괜히 시를 쓰려고 하면 옛날 생각이 나서 가슴이 답답해 지기도 하지만, 그래도 한 편의 시를 완성시켜 놓고 나면 뿌듯한 마음이 든다는 어르신의 말씀에서 소녀의 순수한 영혼이 선명하게 모습을 드러나는 것만 같다.

## 5) 더불어 사는 삶을 추구하는 시인 / 김숙희

손님이 오면 나는 굶더라도 배 채워 주는 것이 우리 민족의 삶이다. 배 고픈 사람이 배 고픈 사람의 마음을 안다. 역경을 겪어 본 사람이 더욱 이웃을 생각해 준다. 어르신들 중에 막내라는 것을 잘 알고, 집에서는 당신도 존경받는 어르신이지만 밖에서는 자신보다 연세 많은 어르신들을 모시려는 김숙희 어르신의 더불어 사는 마음은 시에도 그대로 드러난다.

눈이 온다
시골 외길에

또 온다
쓸고 쓸어도

눈길 조심하라고

쓸고 또 쓴다

- 김숙희의 '이웃을 생각하며' 전문


내 집 앞 눈도 치우지 않는 요즘에 더불어 사는 삶을 노래하는 마음이 아름답다. 김장 하나를 담가도 나눠 먹을 것을 생각하고, 옥수수 씨앗 하나를 뿌려도 더 많은 열매를 맺기 위해 썩어야 하는 종자의 삶을 예찬하고, 꽃을 키워도 자식 같은 마음을 담는 어르신의 마음이 그대로 시에 드러난 시를 읽는 즐거움이 쏠쏠하다.


## 6) 타고난 천성 이야기꾼인 시인 / 송희균

중국의 시인 두보는 '인생칠십고래희(人生七十古來稀 ; 사람이 칠십까지 사는 것은 예부터 희귀한 일)'이라고 했다. 그래서 지금도 70세를 '고희'라고 부른다. 그러나 두보가 송희균 어르신을 만난다면 이 말은 바뀔 것이라 본다. 누가 이 분을 83세의 노인이라고 할 것인가?


네 시에 일어났네요

시내로 시
공부하러 가려고


내 나이 여든 셋
그래도 괜히 좋네요
어려서 소풍 가는 기분

　　　　　　　 - 송희균의 '멋진 노후를 위하여' 일부


　서른다섯에 교통사고로 남편을 잃고, 두 돌 갓 지난 막내를 포함한 육남매를 키우신 이 땅의 진정한 어머니, 20여 년 전 먼저 떠난 따님이 남기고 간 외손주의 결혼식을 보며, 외손주 며느리가 사준 보르네오 침대 하나에 행복을 노래하시는 어르신, 그 무엇보다 노후에 한글공부 하시는 즐거움으로 공부방이 있는 경로당의 활기를 채워 주시는 삶의 모습이 우리 모두에게 귀감이 된다. 배워서 남 주고, 음식 하나 챙겨서 남 주시는 어르신의 삶과 마음씨가 그대로 담겨 있는 시편들을 접할 때 천성으로 타고난 시인의 모습이 보인다.


7) 시어 한 구절이 그대로 삶인 시인/박용화

똑같은 말이라도 누가 하느냐에 따라 그 뜻이 다르게 들리는 것은 어쩔 수 없다. 평생을 뼈빠지게 가난과 빚더미 속에 살던 사람이 죽어가면서 "돈이란 다 쓸모가 없다"고 희는 말과 평생 온갖 부귀영화를 누리던 사람이 말년에 하는 말이 똑같이 들릴 수는 없다. 맛보지 못한 사람이 하는 말은 그 뜻이 진실성 있게 들리지 않는 것이 사실이다. 특히 시는 시인의 삶이 그대로 배어 있는 것이라 더욱 그렇다. 아무리 미사여구를 동원한 그럴싸한 말들로 이뤄진 시라 하더라도 시인의 삶과 동떨어진 내용이라면 그 시는 결코 가슴에 새겨지지 않는다.

새벽에 운동 가니
낙엽이 떨어지네

추워서 옷깃 여미는
사람들 속에

운동을 하고 나면
몸과 마음 상쾌하네

하루도 안 빠지고

운동하니 좋네

- 박용화의 '여든넷을 살아보니' 전문

꾸준한 운동이 건강에 좋다는 말은 누구나 할 수 있다. 그러나 84세에도 밝은 미소와 탱탱한 피부를 간직하신 어르신이 들려주는 경험담은 똑같은 말이라도 그 뜻이 다르게 들릴 수밖에 없다. 박용화 어르신은 살아계시는 건강교본이라고 할 수 있다. 〈아파트 살림살이〉에 드러난 쉰아홉 살 따님에게 즐거운 마음으로 메주를 떠 주시는 어머니의 마음, 〈큰아들에게〉에서 보여주는 환갑 넘기신 아드님에게 술 줄이며 건강 챙기고 차조심하라며 걱정하시는 어머니의 모습, 한글공부방 있는 경로당에서 배우는 것을 진심으로 즐겁게 여기시는 어르신의 모습은 마치 유치원에서 배운 것을 집에서 자랑하는 순진무구한 어린아이의 모습을 담고 있다.

## 8) 다문화가족의 애환을 달래주는 시인 / 사토후끼꼬

사토후끼꼬 어르신은 스스로 밝히지 않으면 25년 전에 일본에서 시집 오신 분이라는 것을 알 수 없다. 우리말도 상당히 능숙하고, 차분한 성격에 인자한 표정은 영락없이 귀부인의 자태다. 항상 환한 미소로 진지하게 수업에 임하신 어르신의 모습은 순수

함의 극치였다. 다른 어르신들이 가난 때문에 못 배워서 글을 몰랐다면, 사토후끼꼬 어르신은 말 자체가 달라서 소통의 문제를 겪었던 경험을 가진 다문화가족의 전형적인 모습을 보여주고 있다.


부웅 부웅 벌 한 마리

잘못 들어왔구나

창문이 어디냐고

부웅부웅


저기야 저기 했더니

요리조리 도망치네


그게 아니라니까 오해야 오해!

널 돕고 싶을 뿐이야

저기 창문이 안 보이니

이것 참 어쩌면 좋아


부웅 부웅

아 참 답답하네

너도 답답하지

널 보니까 나의 모습 같구나

시집 왔을 때의

나와 남편 같구나

- 사토후끼꼬의 '말이 안 통했어' 전문

방 안으로 들어온 벌에게 창문을 가리키며 나가라고 하지만, 벌은 자신을 죽이려는 줄 알고 요리조리 도망을 다니는 모습을 보면서, 말이 통하지 않았던 신혼 초를 떠올린 기발난 발상이 압권이다. 비유와 상징의 문학인 시의 특징을 정확히 이해하고 잘 활용한 것이다.

벌과 사람의 대화, 이것은 현재 우리나라에 살고 있는 다문화가족이라면 누구나 겪고 있는 일일 것이다. 다문화가족을 대할 때 우리가 가장 세심한 주의를 기울여야 하는 이유를 담담한 고백으로 보여주고 있다. 말이 통한다는 것은 뜻이 통한다는 것이다. 우리말은 상황에 따라 다르게 해석되는 말들이 많다. 우리 문화를 이해하지 못한다면 아무리 우리말의 뜻을 알았다 하더라도 실생활에서는 벌과 사람처럼 서로 통하지 않는 행동을 할 수 있다. 말도 중요하지만 원활한 소통을 위해 문화적 환경을 이해하고 배려하는 자세가 필요하다는 것을 생각해 보는 시간을 갖게 한다.

〈보낼 곳 없는 편지〉에 드러난 친정 아버지의 임종을 지키지 못한 아픔, 〈문해교실에서〉에서 고백하고 있는 고향에 대한 그리움 등은 다문화가족의 일원으로서 겪는 남다른 애환을 참신한 비유와 담담한 어투로 표현해 주고 있다. 단아하고 편안하게 해 주는 외모만큼 시적 감성이 뛰어난 모습을 보여준다. 앞으로 계속 다문화가족의 애환을 들려주는 시인으로 적극적인 활동을 해 주셨으면 하는 욕심을 숨길 수 없는 어르신이다.

## 3. 나오는 말

"내 이야기를 글로 쓰려면 책 몇 권을 써도 부족할 거야!"

우리 주변에는 이렇게 말하는 분들이 많다. 그러나 막상 그것을 글로 쓸 줄 아는 사람은 많지 않다. 자신의 이야기를 글로 표현한다는 것은 웬만한 노력과 용기가 아니면 결코 쉬운 일이 아니다. 아무리 머릿속에 생생하게 떠오르는 생각이라도 막상 글로 쓰려고 하면 가슴이 답답해 지고, 때로는 무의식 속에 묻어 두었던 기억이 떠오르며 눈물마저 쏟게 하는 경우가 많다. 그래서 많은 이들이 중도에서 포기하는 경우가 많은 것이 현실이다.

그런데 어르신들은 〈소통과 힐링의 시창작교실〉을 통해 배움의 기쁨을 충족시키며 그 어려운 글쓰기를 거뜬히 해내셨다. 세상에 그 누구도 쓸 수 없는, 어르신들만이 쓸 수 있는, 어르신들만의 이야기를 글로 표현해 낸 것이다. 그동안 수많은 강의를 해보았지만, 어르신들처럼 배움이 열정이 넘친 자리는 없었다. 때로는 눈물이 앞을 가로막아 먹먹한 가슴을 달래기 위해 잠시 숨을 골라야 했던 적도 많았다.

이제 어르신들이 함께 써내려간 소중한 작품들을 세상 밖으로 내놓는다. 시를 쓸 때는 어르신들 개인의 이야기였지만, 이제 이렇게 작품집으로 내놓으니 우리 역사의 소중한 야사(野史)가 되었다. 모쪼록 많은 분들이 어르신들의 삶을 통해 질곡의 근현대사를 살아내신 어르신들의 강하고 질긴 생명력을 조금이라도 배워보는 자리가 되었으면 한다.

# 실곡의 근현대 야사(野史)를 수집하는 마음으로

〈소통과 힐링의 시창작교실〉에서 거의 평생을 까막눈으로 살아오시다 늦은 연세에 한글과 글쓰기를 배우는 어르신들을 만났다. 최소 60세에서 최고 84세의 이르시는 분들로 일제강점기, 6.25전쟁, 보릿고개, 고도의 산업화 등 질곡의 근현대사를 질기게 살아오신 진정한 민초(民草)들이셨다. 가슴에 맺힌 한이 많은 것처럼 그만큼 후세들에게 풀어 놓아야할 이야기보따리도 많은 분들이셨다.

"어르신들은 오천년 역사에서 겪을 수 있는 모든 고난을 겪어오신 분들입니다. 어르신들이 살아오신 삶 자체가 곧 역사이고 소중한 교훈이니 손자 손녀들에게 덤덤히 이야기를 들려주는 마음으로 함께 했으면 합니다."

어르신들과 지난 이야기를 나누며 시를 쓰기 시작했다. 어르신들의 이야기는 그야말로 눈물 없이 들을 수 없는 날들이 많았다. 전쟁과 가난보다 더 처절했던 배우지 못해 까막눈으로 살아온 한에 맺힌 세월을 풀어내는 자리였다.

그동안 위축된 출판시장과 영세한 자본으로 어르신들의 노래를 엮어낼 엄두를 내지 못했다. 하지만 컴퓨터 속에 넣어두고 혼자만 보기에는 너무 죄책감이 올라왔다. 어르신들에게 너무나 큰 빚을 진 것 같아 마음이 항상 무거웠다.

그렇게 5년이 흘렀다. 이래선 안 되겠다 싶어 어르신들의 노래를 세상에 내놓으려고 마음 먹었다. 잔인한 세월이었다. 함께 하셨던 어르신 분에 한 분은 암으로 돌아가셨고, 한 분은 요양병원으로 가셨고, 또 한 분은 먼 곳으로 이사해서 연락하기가 쉽지 않았다. 다행이 연락이 된 여덟 분의 작품을 한 자리에 모아 보았다.

저질러 놓고 보니 후련하다. 어르신들이 눈물로 꾹꾹 눌러 써내려간 이야기를 컴퓨터 파일 밖으로 꺼내 놓을 수 있다는 것이 정말 행복하다.

모쪼록 많은 분들이 사랑해주셨으면 좋겠다. 젊은 세대들이 질곡의 근현대사를 헤쳐 온 어르신들의 삶을 접하고 그 강하고 질긴 생명력을 느낄 수 있다면 더 이상 바랄 것이 없겠다.

엮은이 이인환